AF107003

www.ingramcontent.com/pod-product-compliance
Lightning Source LLC
LaVergne TN
LVHW010412070526
838199LV00064B/5281

* 9 7 8 9 3 5 8 7 2 1 9 1 1 *

کوکن رانی

(بچوں کی نظمیں)

ڈاکٹر عبدالرحیم نشتر

© Dr. Abdul Rahim Nashtar
Kokan Rani *(Poems for Children)*
by: Dr. Abdul Rahim Nashtar
Edition: May '2024
Publisher :
Taemeer Publications LLC (Michigan, USA / Hyderabad, India)

ISBN 978-93-5872-191-1

9 789358 721911

© ڈاکٹر عبدالرحیم نشتر

کتاب	:	کوکن رانی (بچوں کی نظمیں)
مصنف	:	ڈاکٹر عبدالرحیم نشتر
صنف	:	ادب اطفال
ناشر	:	تعمیر پبلی کیشنز (حیدرآباد، انڈیا)
سالِ اشاعت	:	۲۰۲۴ء
صفحات	:	۵۰
سرورق ڈیزائن	:	تعمیر ویب ڈیزائن

ترتیب

انتساب

خطۂ کوکن کے ذہین بچوں، جواں عمروں اور جواں فکروں

کے نام

جن میں ڈاکٹر ذاکر نائیک (پریذیڈنٹ اسلامک ریسرچ فاؤنڈیشن، ممبئی)

اور

مبارک کاپڑی (چیرمین نیشنل ایجوکیشن موومنٹ، ممبئی)

نے اپنی تعلیم و تربیت اور گراں قدر دینی و تعلیمی بیداری مہم کے ذریعے ثابت کر دیا ہے کہ

کوکن میں ذہانت کی کمی نہیں

۷

اپنی باتیں

ننھے دوستو!

۱۹۹۷ء آزادی کی پچاسویں سالگرہ کا سال ہے۔ اسی سال ہم نے بھی اپنی عمر کے پچاس سال پورے کیے —— اور اس دوران زندگی کے کھٹے میٹھے ذائقوں سے آشنا بھی ہوئے۔ سچ پوچھیے تو زندگی ایک بدلتی رہنے والی چیز کا نام ہے۔ ابھی صبح کی نرم اور خوشگوار کرنیں چمک رہی تھیں، ذرا میں دھوپ تیز ہوگئی، شعاعیں چبھنے لگیں۔ پھر شام کا سہانا دھندلکا نمودار ہوا۔ چمکتا اور دمکتا ہوا سورج ڈوب گیا۔ کالی رات نے اپنے پاؤں پسارے اور ہر طرف سیاہی پھیل گئی۔

جو آدمی ان اندھیروں اور اُجالوں سے مانوس ہو جاتا ہے، زندگی اسے مزا دیتی ہے۔ آپ ڈانٹ سنتے ہیں، مار کھاتے ہیں اور پھر پیار پاتے ہیں تو کتنا بھلا لگتا ہے آپ کو ——! اپنے آپ میں زندگی کے ہر بدلاؤ کو سہنے اور قبول کرنے کی عادت ڈالیے۔ آپ سدا اُپر سکون اور مطمئن رہیں گے۔

آج کی دنیا بہت دُور تک پھیل گئی ہے۔ اور بہت تیزی سے آگے نکلتی جا رہی ہے۔ اگر آپ دنیا کے ساتھ ساتھ ترقی اور تہذیب کی راہوں

۸

پر آگے بڑھنا چاہتے ہیں اور فتح و نصرت یا کامیاب زندگی کی مسرت حاصل کرنا چاہتے ہیں تو علم و ہنر کو زادِ راہ بنالیں۔

تعلیم اور ہنرمندی کی بدولت بابا صاحب ڈاکٹر امبیڈکر نے اپنی گری پڑی اور پچھڑی ہوئی قوم کو کہاں سے کہاں پہنچادیا ۔۔۔۔۔۔۔ آپ تو خوش قسمت ہیں کہ ہادیِ برحق اور محسنِ انسانیت حضرت محمد مصطفیٰ صلی اللہ علیہ وسلم کی اُمت میں شامل ہیں، جنھوں نے صرف ۲۳ سالہ دورِ نبوت میں جاہل، اُجڈ اور وحشی عربوں کی کایا پلٹ کر دی۔ حضرتِ ابو بکر صدیقؓ، حضرتِ عمر فاروقؓ، حضرتِ عثمان غنیؓ اور حضرتِ علیؓ بن ابو طالب کے دورِ خلافت میں مسلمان دنیا کے کتنے ہی ملکوں پر چھاگئے۔ بغداد اور قاہرہ میں دنیا کی عظیم ترین یونیورسٹیاں قائم ہوئیں اور مختلف علوم و فنون کے ذریعے مسلمانوں کو پورے عالم کی رہبری اور قیادت کا اعزاز حاصل ہوا۔ حضرتِ عبد القادر جیلانیؒ، حضرتِ نظام الدین اولیاءؒ اور حضرتِ خواجہ معین الدین چشتیؒ جیسے کتنے ہی ولیوں کی رہبری آپ کو حاصل ہے۔ ان سب کی شخصیت اور کارنامے چراغِ راہ کا کام دیتے ہیں ۔۔۔۔۔۔۔ ان کے بعد سرسیّد احمد خاں سے لے کر سیّد حامد صاحب تک قوم و ملت کی تعمیر و ترقی کا درد رکھنے والی سیکڑوں ہستیاں ہیں جن کے سیرت و کردار، اقوال و افکار اور حرکت و عمل کی روشنی میں ہم اور آپ دنیا کی کسی بھی ترقی یافتہ قوم سے مقابلہ کر سکتے ہیں۔

ننھے دوستو! آپ ایک عظیم قوم، عظیم مذہب، عظیم زبان اور عظیم روایت کے امین ہیں۔ آپ کمزور نہیں، طاقت ور ہیں۔ آپ بدھو نہیں، ذہین ہیں۔ زندگی کی ہر کامیابی اور ہر خوشی آپ کو آواز دے رہی ہے۔ بس ذرا

جاگ جائیے۔ کھڑے ہو جائیے۔ تیّاری کر لیجیے اور میدانِ عمل میں کود پڑیے۔ اس ملک ہندوستان میں تو کیا دنیا کے کسی بھی حصّے میں کوئی بھی آپ کو آگے بڑھنے اور ترقّی کرنے سے نہیں روک سکتا۔ آپ زمین کے خلیفہ ہیں اور زمین و آسمان کے سارے خزانے آپ کے لیے ہیں۔ بس اپنے آپ میں ہمّت اور حوصلہ پیدا کیجیے۔ خود اعتماد بن جائیے۔ آپ بھی خطۂ کوکن کی فریدہ نائیک کی طرح آئی اے ایس کے امتحان میں سرخرو ہو سکتے ہیں اور شولاپور کے تنویر منیار کی طرح ٹاپ اسٹوڈنٹ بن سکتے ہیں۔

فریدہ نائیک اور تنویر منیار کو ہم سلام عرض کرتے ہیں اور دِلی مبارک باد پیش کرتے ہیں کہ انھوں نے اردو ذریعۂ تعلیم اور اردو معاشرے کو باعزّت اور باوقار بنادیا ہے۔

"بچّوں کا ادب" تعلیمی مرحلے میں بچّوں کا زبردست رفیق ہے اس لحاظ سے ننّھے احباب اور ان کے والدین کو چاہیے کہ وہ اپنے گھروں اور اپنی لائبریریوں میں بچّوں کی نئی نئی کتابیں لاتے رہیں۔ اس وقت مہاراشٹر میں یوسف ناظم، نورالعین علی، ظفر گورکھپوری، انور خاں، سلام بن رزّاق، اسلم پرویز، محبوب راہی، حیدر بیابانی، قاضی مشتاق احمد، وکیل نجیب، بانو سرتاج، امینِ حزیں، کوثر انصاری، اقبال نیازی، بابو آر کے، احمد عثمانی، ایم یوسف انصاری، رفیع احمد، مسرّت بانو شیخ، ابرارحسن، سراج مصطفیٰ آبادی، مظہر سلیم، عبدالاحد ساز، وقار قادری، محمد رفیع انصاری، عطاءالرحمٰن طارق اور دوسرے بہت سے ادیب و شاعر بچّوں کا قابلِ قدر ادب تخلیق کر رہے ہیں۔ آپ ان سب کی تخلیقات خود بھی پڑھیں اور دوسروں کو بھی پڑھنے

۱۰

کودیں۔

''بچارے فرشتے'' کی شاندار کامیابی اور پذیرائی کے بعد ''کوکن رانی''
آپ کی خدمت میں حاضر ہے۔ اس کتاب میں بدلتے ہوئے موسم،
بدلتے ہوئے منظر اور بدلتے ہوئے چہرے ایک نیا موسم، نیا منظر اور نیا
چہرہ بناتے ہیں ۔۔۔۔۔۔ ہمیں تو یقین ہے کہ آپ کو یہ نظمیں بھی اچھی لگیں
گی اور آپ اس کتاب کی بھی کھلے دل سے پذیرائی کریں گے۔
تو آئیے پڑھنا شروع کریں ۔۔۔۔۔۔۔
اور بتائیں کہ کہیں یہ شاعر خوش فہمی کا شکار تو نہیں ہو گیا؟

عبدالرحیم نشتر

٢

زندگی کی جسے آرزو ہو

چاند سورج نکلتے رہیں گے　　　رات دن یونہی ڈھلتے رہیں گے
یونہی چلتی رہیں گی ہوائیں　　　یونہی موسم بدلتے رہیں گے

دھان کے کھیت ہنستے رہیں گے　　　اور زمیں مسکراتی رہے گی
ابرِ باراں برستا رہے گا　　　ہر ندی گنگناتی رہے گی

جب تلک اس زمیں پر رہیں گے　　　نام اللہ کا لینے والے
بزمِ امکاں کو روشن رکھیں گے　　　زندگی کے مبارک اُجالے

ایک اللہ کے دم سے روشن
یہ زمیں، آسماں، چاند تارے
زندگی کی جسے آرزو ہو
خالقِ دو جہاں کو پکارے

۔۔۔۔۔۔

۱۲

اے مولا!

اے مولا! ہریالی دے   ہر چہرے کو لالی دے
بارانِ رحمت برسا   دانہ بالی بالی دے

کھیتوں کو شاداب بنا   لوگوں کو خوشحالی دے
بوٹا بوٹا رنگ سجا   خوشبو ڈالی ڈالی دے

ہر گھر میں اِک چاند اگا   ہر آنگن اُجیالی دے
صحرا کو گلزار بنا   گلزاروں کو مالی دے

یارب! دل نہ خالی دے
عزم و ہمت عالی دے
میں اس کو دے جاؤں دُعا
کوئی جو مجھ کو گالی دے

❁◆❁

۱۳

کامیابی کی شرط

برف کو بس پگھلتے رہنا ہے	ہم زمیں پر رکھیں یا پانی میں
عمر کو صرف ڈھلتے رہنا ہے	خیر کے ساتھ ہو یا شر کے ساتھ
کامیابی کی شرط ایماں ہے	آدمی کس لیے پریشاں ہے
اس کی مرضی سے کائنات رواں	ایک اللہ کارساز فقط
اس نے باقی رکھا ہے نظم جہاں	صرف ایمان کی بدولت ہی
کامیابی کی شرط ایماں ہے	ورنہ تاراج یہ گلستاں ہے
دین و ایماں کی فکر دل میں ہو	ذکرِ پروردگار ہو لب پر
کامیابی کو ڈھونڈنے والو!	کامیابی کا راستہ ہے یہی
کامیابی کی شرط ایماں ہے	دوسرے راستوں میں شیطاں ہے
زندگی کامیاب کیسے ہو	آدمی فتح یاب کیسے ہو
ہر عمل کا حساب کیسے ہو	ہر قدم پر کھڑا ہے کوئی سوال
کامیابی کی شرط ایماں ہے	کامیابی کبھی کا ارماں ہے
مست ہیں خواب ہائے بے جا میں	نیند آنکھوں سے ٹوٹتی ہی نہیں
ہم اسے ڈھونڈتے ہیں دنیا میں	کامیابی رکھی ہوئی ہے کہیں
کامیابی کی شرط ایماں ہے	آدمی بے خبر ہے، ناداں ہے

❀ ❖ ❀

اگر ہو آدمیّت آدمی میں

هزاروں سال کی بوڑھی ہے دنیا ‌ ‌ ‌ ‌ مگر پھر بھی نئی لگتی ہے دنیا

وہی ساگر، وہی ان کی روانی ‌ ‌ ‌ ‌ وہی پربت وہی ان کی جوانی

وہی جنگل، وہی اشجار ان کے ‌ ‌ ‌ ‌ وہی منظر، وہی اسرار ان کے

وہی بادل ہزاروں روپ والے ‌ ‌ ‌ ‌ چمکتے دن، سنہری دھوپ والے

وہی دن رات کے منظر سہانے ‌ ‌ ‌ ‌ وہی پنچھی، وہی ان کے ترانے

وہی گلشن، وہی ان کی بہاریں ‌ ‌ ‌ ‌ وہی معصوم پودوں کی قطاریں

وہی جھرنے، وہی ندیوں کا پانی ‌ ‌ ‌ ‌ وہی نغمے، وہی دلکش کہانی

وہی صبحیں، وہی گلنار شامیں ‌ ‌ ‌ ‌ وہی مہتاب و انجم اور راتیں

وہی دھرتی، وہی ماں جیسی دھرتی ‌ ‌ ‌ ‌ نظر آتی ہے جو فردوسِ ارضی

زمیں پر نیکیاں زندہ رہیں گی

تو یہ شادابیاں زندہ رہیں گی

نہ ہوگی آدمیّت آدمی میں

تو کیا آبادیاں زندہ رہیں گی؟

۱۵

قدرت کا پیغام

قدرت نے انسان بنایا   ہر اِک کو گُنوان بنایا

ہر اِک میں اِک انتر رکھا   ہر اِک میں اِک جوہر رکھا

ہندو، مسلم، سکھ، عیسائی   ساخت سبھی نے ایک سی پائی

عضوِ بدن پر فِکس جگہ پر   پاؤں ہیں نیچے، سر ہیں اوپر

سیکھیں، تو ہر شے میں خبر ہے   قدرت سب سے بڑی ٹیچر ہے

قدرت بس انسان بنائے   انسانی اوصاف رچائے

ہر انساں کو 'ایک' بنائے   سب کی فطرت نیک بنائے

بات عجب ہے انسانوں میں   بٹ جاتے ہیں یہ خانوں میں

رنگ، بھید، مذہب اور بھاشا   سب کی اپنی اپنی شاکھا

قدرت کا ہر منظر دیکھیں   اندر دیکھیں، باہر دیکھیں

جتنے جسم ہیں، جتنے چہرے   جڑے ہوئے ہیں اِک دوجے سے

یک جہتی سب میں رہتی ہے   قدرت ہم سے یہ کہتی ہے

بھید بھاؤ کے خانے توڑیں

انساں کو انساں سے جوڑیں

❦ ✦ ❧

صبح

یہ صبح کی پہلی کرن   ہے محوِ گلگشتِ چمن

بادِ صبا اُٹھلا گئی   ہر شے پہ رنگت آگئی

ہر شاخ لہرانے لگی   پھولوں کو مہکانے لگی

خوشبو کے لشکارے اُٹھے   خوابیدہ نظّارے اُٹھے

پنچھی ثنا کرنے لگے   حمدِ خدا کرنے لگے

اب روشنی کا دائرہ   لیتا ہے سب کا جائزہ

پھیلی ہوئی ہے روشنی   سمٹی ہوئی ہے تیرگی

تازہ اُجالے چار سُو   رنگوں کے ہالے چار سُو

وحدت کی لَے پر جھومتا   ہر نقش یہ کہنے لگا

اللہ کی پہچان ہے   ہر صبح اس کی شان ہے

وہ کب نظر سے دُور ہے

ہر صبح اُس کا نُور ہے

۔۔۔

۱۷

شام

اس نے جھانک کر دیکھا   سرمئی پہاڑوں سے
اور پھر درختوں کی   سبز شال میں چھپ کر
پتیوں سے اٹھلا کر   ٹہنیوں سے لہرا کر
کشت زار میں اُتری!

اس کے پاؤں رکھتے ہی   یہ ہری بھری وادی
ہو گئی سنہری سی   کتنے رنگ جاگ اُٹھے
تتلیاں سی اُڑتی ہیں   پھول پھول ہنستا ہے
بھونرے گنگناتے ہیں!

چار سو فضاؤں میں   کائنات روشن ہے
شاخ شاخ تازہ ہے   پات پات روشن ہے

اس نے جھانک کر دیکھا   سرمئی پہاڑوں سے
اور پھر درختوں کی   سبز شال کو اوڑھے
شام یہ سہانی شام
کشتِ زار میں اُتری!

❀⬧❀

۱۸

محنت

نرم جھونکے ہوا کے آتے ہیں   دھان کے کھیت لہلہاتے ہیں
بالیاں، تالیاں بجاتی ہیں   ننھے پودے تھرکتے جاتے ہیں

خوشبوؤں سے مہک رہی ہے فضا   ڈولتی پھر رہی ہے مست ہوا
دانہ دانہ پرندے چگتے ہیں   فصل پکنے لگی تو جشن ہوا

جب سنہرے پہاڑ سے سورج   دھیرے دھیرے اُبھرتا جاتا ہے
سبز پوشاک پہنے سارا کھیت   دھوپ میں اور جھلملاتا ہے

کاشتکاروں کی محنتوں کا ثمر   خوشہ خوشہ چمکنے لگتا ہے
چپّہ چپّہ زمیں سنورتی ہے   لمحہ لمحہ دمکنے لگتا ہے

یہی محنت فروغِ انساں ہے
کامیابی اسی میں پنہاں ہے

تندرستی

زندگی کا ہو کوئی بھی شعبہ
ہر طرف ہے مقابلے کی فضا

نئی راہوں پہ چلنا چاہتے ہیں
لوگ آگے نکلنا چاہتے ہیں

موج کے پیچھے موج چلتی ہے
ایک دبتی ہے، اِک اُچھلتی ہے

جو چٹانوں سے ہوڑ لیتی ہے
وہ کنارے بھی توڑ دیتی ہے

زور آور کا یہ زمانہ ہے
ناتوانوں کا کیا ٹھکانہ ہے

کامیابی کی آرزو ہو تو
تندرستی کا بھی خیال رکھو

❖

سبز اطراف

چار سو ہے دھواں یا گرد و غبار
شہر میں زہر سرسراتا ہے
موت پھرتی ہے مُنہ اٹھائے ہوئے
آدمی روز مرتا جاتا ہے

کبّی سڑکوں پہ شور چلتا ہے
چمنیوں سے دھواں اُبلتا ہے
زندگی سرد ہوتی جاتی ہے
صنعتوں کا چراغ جلتا ہے

ہر طرف شور و غل کی یورش ہے
زندگی کا سکون ابتر ہے
کارخانوں، ملوں، مشینوں میں
راحتِ جاں کے میسر ہے

سبز اطراف ہو تو شہر اپنا
سبز ماحول بھی بنائے گا
ورنہ یہ زہر، یہ دھواں، یہ غبار
آدمی کو لہو رُلائے گا

۲۱

گاؤں کی زندگی

کتنا اچھا ہے یہ گاؤں کا راستہ

اس کڑی دھوپ میں چھاؤں کا راستہ

سبز و شاداب اشجار کے درمیاں

کس مزے سے گزرتی ہیں یہ گرمیاں

آم کے پیڑ خوشبو لٹاتے ہوئے

روکتے ہیں مجھے آتے جاتے ہوئے

مجھ کو ملتی ہیں کچھ آم کی کیریاں

ہوتی ہیں جو مرے نام کی کیریاں

کتنا خوش ہتا ہوں کھیت جاتے ہوئے

ناچتے کودتے، گیت گاتے ہوئے

چہچہاتے پرندے مرے ساتھ ہیں

ڈالیاں، پھول، پتے مرے ساتھ ہیں

یہ کشادہ زمیں، یہ کھلا آسماں

شہر کے دوستوں کو میسر کہاں

عافیت بخش ہے گاؤں کی زندگی

اس کڑی دھوپ میں چھاؤں سی زندگی

❖◇❖

بارانِ رحمت

ابر باراں کا آکاش پر قافلہ   صبح برسات کی بھیگی بھیگی فضا

نَنّھی مُنّی پھواروں کا میٹھا مزا   قطرہ قطرہ اُترتی ہوئی زندگی

برکھا رانی کی بگھی اُڑاتے ہوئے   غول بادل کے ڈفلی بجاتے ہوئے

چار سُو ایک مستی لٹاتے ہوئے   جھومتے ناچتے، گیت گاتے ہوئے

سوکھی مٹی کو شاداب کرنے چلے   پیاسی دھرتی کو سیراب کرنے چلے

غنچے غنچے کو مہتاب کرنے چلے   ٹھنڈی ٹھنڈی ہواؤں کے جھونکے اٹھے

اپنی خوش منظری سے نکھرتی ہوئی   نرم و نازک سی یہ صبح کی روشنی

زندگی کی طرح چار سُو پھیلتی   اوجِ کہسار سے دامنِ آب پر

زندگی بخش جاں دار و جاں آفریں

ہے یہ بارانِ رحمت جہاں آفریں

☙◆☙

۲۳

سب کی پیاس بجھاؤ

ابر کے ٹکڑے نٹ کھٹ لڑکوں جیسے گھوم رہے ہیں
پانی کی بوچھاریں کھا کر پودے جھوم رہے ہیں
برکھا رانی بڑی سیانی بادل بادل ڈولے
پی ہو، پی ہو، پنکھ پسارے بن میں کویل بولے
دھیرے دھیرے مینڈک اپنا ساز بجاتے نکلے
بھیگی بھیگی شانت فضا میں شور مچاتے نکلے
مینڈک راگ سنا تو جھینگر دوڑے دوڑے آئیں
رنگ منچ پر آنے سے وہ پیچھے کیوں رہ جائیں
ہر نغمے کی لے پر جھومے پیڑوں کی ہریالی
پَون سہانے گیت سنائے مہکے ڈالی ڈالی
ڈالی ڈالی سندر، کومل پھولوں کی مہکار
رستہ رستہ گونجے جیسے تازہ گیت بہار
جب دھرتی پر برکھا رانی چھم چھم کرتی آئے
یوں لگتا ہے ساری دھرتی نکھری نکھری جائے
جھر جھر کرتا جھرنا بولے سب کی پیاس بجھاؤ
رہتے جوگی، بہتا پانی، نشتر جی، بن جاؤ

۔۔۔❖۔۔۔

۲۴

زندگی ہنسنے لگی

موسمِ برسات کے دلکش نظارے واہ وا

ہر طرف اُڑتے ہوئے رنگوں کے دھارے واہ وا

بھیگی بھیگی سی سہانی صبح کا پیارا سماں

رقص کرتے گنگناتے بادلوں کے کارواں

آساں سے چھوٹی ہیں رنگ کی پچکاریاں

دامنِ کہسار ہے یا کوئی رنگیں سائباں

بادلوں کی کشتیاں بادِ صبا کھیتی ہوئی

آساں پہ برق ہے انگڑائیاں لیتی ہوئی

ابرِ نیساں موتیوں کی دھار برساتا ہوا

وادیوں میں نور کا سیلاب در آتا ہوا

آم، املی، نیم، پیپل غسل فرماتے ہوئے

ڈالی ڈالی شوخ پتیاں جھومتے گاتے ہوئے

نقرئی کرنوں کی بگھی لے کے سورج دیوتا

بادلوں کے لشکر جرار پہ جا کے گرا

صبح کا سورج اُٹھا کرنوں کی چھتری کھول کر

اپنی منزل کی طرف بڑھتا ہے بے خوف و خطر

تیرگی گھبرا کے بھاگی روشنی ہنسنے لگی

پھر زمیں پہ قطرہ قطرہ زندگی ہنسنے لگی

❀◆❀

۲۵

بہار سب کے لیے

سرمئی پہاڑوں پر
یہ ہرے بھرے جنگل
شاخ شاخ ہریالی
چومتے ہوئے پنچھی
چار سوٗ فضاؤں میں
زندگی مہکتی ہے
پھول مسکراتے ہیں
رنگ و نور کی چادر
اوڑھ کر ہوَا نکلی
آسمان روشن ہے
دور تک زمیں اپنی
بانہہ کھولے ماں جیسی
کھیلتے پرندوں کو
پیار سے بلاتی ہے
تتلیوں کے جھرمٹ سے
ایک ایک پگڈنڈی
بے نظیر لگتی ہے
جیسے کوئی ماں بیٹی

صاف ستھرے آنگن میں
چٹکیوں سے، رنگوں کی
روشنی لٹاتی ہوں

سرمئی پہاڑوں کے
مشرقی کناروں پر
روشنی چمکتی ہے
زندگی دمکتی ہے
یہ بہار کا موسم
اس زمیں سے اگتا ہے
اس زمیں کا حصہ ہے
جس کسی کا جی چاہے
یہ بہار لے جائے

سرمئی پہاڑوں کے
جنگلوں کی شادابی
شاخ شاخ ہریالی
جس کسی کا جی چاہے
اپنی روح مہکائے

❧✿❧

جنگل میں وہ منگل کہاں؟

سردیوں کی رُت ہے ہریالی کے دن جانے لگے
پیڑ پودوں پہ خزاں کے رنگ لہرانے لگے

پتی پتی پر خزاں کی رنگ افشانی ہوئی
کوئی پیلی، لال کوئی اور کوئی دھانی ہوئی

جیسے پیڑوں پر کسی نے چھوڑ دیں پچکاریاں
یا کسی نے سوکھنے کو ڈال دی ہیں ساریاں

زرد ہوکر، سرخ ہوکر ٹوٹتی ہیں پتیاں
پھر درختوں پر نظر آتی ہیں سوکھی ٹہنیاں

اب پرندوں کی اُڑانیں ہیں نہ ان کا شور ہے
اب تو ہر اِک پیڑ پر فصلِ خزاں کا زور ہے

وہ ہرے پربت، ہرے میداں، ہرے جنگل کہاں
اب کہاں وہ رات دن جنگل میں وہ منگل کہاں

❀❖❀

۲۷

خزاں کی رُت آئی

ہرے بھرے تھے شجر ہر طرف تھی ہریالی

جدھر نگاہ چلی، تازگی و شادابی

ہرے لباس پہ پربت بھی ناز کرتے تھے

گھنے درخت بھی جنگل میں رنگ بھرتے تھے

کُھلی ہوا میں پرندے اُڑان بھرتے تھے

دھنک کے رنگ فضاؤں میں جان بھرتے تھے

پہاڑیوں کو ہوا راگنی سناتی تھی

اُبلتے جھرنوں کی اِک ایک موج گاتی تھی

گگن سے اُٹھ کے گھٹائیں سلام کرتی تھیں

مری زمیں سے بہاریں کلام کرتی تھیں

وہ رنگا رنگ شگوفوں سے سج رہی تھی زمیں

یہ لگ رہا تھا اُتر آئی ہے بہشتِ بریں

مگر یہ ایک مہینے میں کیا سماں بدلا

جہانِ تازہ و شاداب کا نشاں بدلا

ہری بھری جو زمیں ہنس رہی تھی، مرجھائی

گیا بہار کا موسم، خزاں کی رُت آئی

کسی بھی شے کو زمانے میں اعتبار نہیں

خوشی یا غم ہو کوئی چیز پائیدار نہیں

✦ ❖ ✦

۲۸

دسمبر بابا

سردی کھاتے، دانت بجاتے آئے دسمبر بابا
رنگ برنگے اونی کپڑے لائے دسمبر بابا

صبح سلونی، گرم چائے کی پیالی لے کر دوڑی
کیسا تھر تھر کانپ رہے ہیں ہائے دسمبر بابا

ان کی اڑھی چاندی جیسی دھوپ پڑے تو چمکے
لیکن وہ نٹ کھٹ لڑکی چھپ جائے دسمبر بابا

دُور گگن پر گدلے بادل سجا لگانے بیٹھے
اُجلے اُجلے اون کے گولے لائے دسمبر بابا

صبح سہانی، شام سہانی، ہر پل نئی کہانی
مزے مزے کے قصے لے کر آئے دسمبر بابا

کہیں انگیٹھی، کہیں اَلاؤ، ہاتھ تاپتے جاؤ
موسم دوڑے اور پیچھے رہ جائے دسمبر بابا

اب دیوار پہ نیا کلنڈر، نئے مناظر ہوں گے
دوڑی دوڑی آئی جنوری، بائے دسمبر بابا

؏ ◆ ؏

نٹ کھٹ چاند

ابھی یہیں تھا کدھر گیا	ایک ذرا سا چمکا تھا
ایک شعاع لہرائی تھی	ذرا جھلک دِکھلائی تھی
آگن سے، گلیاروں سے	مسجد کے میناروں سے
کیا وہ آنکھ کا دھوکا تھا	کچھ لوگوں نے دیکھا تھا
بجلی سا لہرایا تھا	پل بھر سامنے آیا تھا
کڑوے نیم کی ڈالی میں	دُور شفق کی لالی میں
پھولوں اور پھلوں کے بیچ	ہرے بھرے پتوں کے بیچ
امّی جان نے سوچا تھا	ابّا جان نے دیکھا تھا
چاند کے جیسا بچہ بھی	دیکھے ان کا بیٹا بھی
کیسا جھٹ پٹ عید کا چاند	لیکن نٹ کھٹ عید کا چاند
شام کے میلے آنچل میں	اُجلے گدلے بادل میں

مجھ سے چھپ کر بیٹھا ہے

شاید مجھ سے ڈرتا ہے

❀ ◆ ❀

۳۰

پیغامِ عید

شام روشن ہوئی مسرت کی   دل کو تعلیم ہے اخوت کی
آنکھ نے دیکھ دھیرے حرکت کی   کیا سہانا سماں دِکھاتا ہے
عید کا چاند مسکراتا ہے

لہلہاتے ہوئے پرند اُڑے   گنگناتے ہوئے پرند اُڑے
جھلملاتے ہوئے پرند اُڑے   روشنی ہر طرف لٹاتا ہے
عید کا چاند مسکراتا ہے

جگمگاتی ہوئی دکانوں پر   چھب دِکھاتے ہوئے مکانوں پر
زندگی کے سبھی ٹھکانوں پر   اپنی کرنیں بچھائے جاتا ہے
عید کا چاند مسکراتا ہے

ہر اندھیرے پہ مسکرایا کریں   ہر طرف روشنی لٹایا کریں
ہم خوشی بن کے پھیل جایا کریں   یہی پیغام وہ سناتا ہے
عید کا چاند مسکراتا ہے

❀ ❖ ❀

۳۱

ایک چھبیلی عید

ایک چھبیلی، نئی نویلی، سندر، پیاری لڑکی
نئے چاند کی نورانی کشتی سے نیچے اُتری
آسمان سے لے کے زمیں تک پھول گرائے اس نے
جدھر جدھر سے گزری گھر آنگن مہکائے اس نے

اِک البیلی، نئی نویلی، دودھ سی اُجلی لڑکی
شیر خورمہ اور سیویاں کھاتی کھلاتی آئی
نردھن اور دھنوان کبھی سے ہنستی ہنساتی آئی
قدم قدم پر خوشیوں کی سوغات لٹاتی آئی

ایک چھبیلی، نئی نویلی، نٹ کھٹ چنچل لڑکی
رنگ برنگی پوشاکوں میں میلہ گھوم رہی ہے
جھپٹ رہی ہے سب سے عیدی، خوش ہے، جھوم رہی ہے
آج تو سارے دن ہی گویا اس کی دھوم رہی ہے

ایک چھبیلی، نئی نویلی عید چلی آئی ہے
کتنی خوشیاں، کتنے نغمے دامن میں لائی ہے

۳۲

عید کی صبح کا سورج

کیا سہانی صبح ہے، کیسا سہانا آساں
دُور تک پھیلا ہوا یہ پیارا پیارا آساں
ہائے کیسی خوشنما لالی بچھی ہے چار سو
ہائے کیسے دلربا رنگوں سے اُجلا آساں

عید کی جاذبِ نظر پوشاک زیبِ تن کیے
آساں نے کتنے سائے رنگ دھرتی کو دیے
چھپاتے پنچھیوں کی تان گونجی ہر طرف
پیڑ پودے کھیت میداں کھلکھلا کر ہنس لیے

وہ اُفق کی گود سے نکلا سنہرا آفتاب
جھلملاتی، چھپماتی روشنیوں کا عقاب
پھڑ پھڑاتے، نرم کرنوں کے پروں کو کھول کر
رفتہ رفتہ، دم بدم محوِ خرام و محوِ خواب

ہر کسی پر نور کی بوچھار کرنے آگیا
عید کی صبح کا سورج رنگ بھرنے آگیا

❀◆❀

عید اُس کی ہے

جس نے روزے کی فضیلت لوٹی
جس نے رمضان کی برکت لوٹی
سنتِ سحری ادا کی جس نے
جس نے افطار کی لذّت لوٹی
عید اس کی ہے
اسی کی ہے عید

جس نے سمجھے ہیں پڑوسی کے حقوق
جس نے ہمسائے کی عزّت کی ہے
جشنِ افطار میں اکثر جس نے
اپنے بیگانے کی دعوت کی ہے
عید اُس کی ہے
اسی کی ہے عید

جو مؤذن کی صدا پر لپکا
جو نمازوں کو ادا کرتا رہا
جس نے ہر رات تراویح پڑھی
جس نے اللہ کا فرمان سنا
عید اس کی ہے
اسی کی ہے عید

وہ، جو ہمدرد ہے قلّاشوں کا
جو مددگار ہے محتاجوں کا
وہ، جو اوروں کے دُکھوں کو سمجھے
وہ، جو دم ساز ہے لاچاروں کا
عید اُس کی ہے
اسی کی ہے عید

درد مندوں کا جو غم خوار ہوا
جس نے دل کھول کے بانٹی خیرات
جس نے نا داروں کو صدقات دیے
جس نے باقی نہ رکھی کوئی زکات
عید اُس کی ہے
اسی کی ہے عید

دل میں رکھی نہ کدورت جس نے
چھوڑ دی ساری عداوت جس نے
عید کے روز جو ہر اِک سے ملا
بانٹ دی سب کو مسرت جس نے
عید اُس کی ہے
اسی کی ہے عید

❀❖❀

۳۴

پیار بھرا تہوار

سورج اپنی پکاری سے کرتا ہے یلغار
صبح کے اُجلے دامن پہ ہے رنگا رنگ بہار
نیلے، پیلے، لال، گلابی رنگوں کی بوچھار
جھوم میں ناچیں دھوم مچائیں گلیاں اور بازار

باجے تاشے، سیر تماشے لے کر جاگی بھور
رنگ کے اندر رنگ جگائے ہولی چاروں اور
مستوں کی ٹولی کے پیچھے ہے مستوں کا شور
آج ترنگوں اور اُمنگوں کا ہے پورا زور

راگ رنگ اور کھیل تماشے ہولی کا اُپہار
ہر دے، ہر دے پریم جگائے پیار بھرا تہوار
میٹھی میٹھی چھیڑ چھاڑ اور میٹھی میٹھی دھوم
گلیوں گلیوں، سڑکوں سڑکوں باجیں من کے تار

نت رنگوں سے یک رنگی کا جاگے جب احساس
تب ہولی کا جشن منائے دھرتی اور آکاس

❧◆❧

۳۵

دیوالی

در و دیوار مسکراتے ہیں	اب شری رام گھر کو آتے ہیں
روشنی پھوٹتی ہے دھرتی سے	ہر طرف دیپ جھلملاتے ہیں
راستہ راستہ مسرت ہے	رنگ ہی رنگ جگماتے ہیں
پتیاں جھومتی ہیں شاخوں پر	سبز ہیں پیڑ، لہلہاتے ہیں
کیسے بن باس رام نے کاٹا	پھول، پنچھی کتھا سناتے ہیں
زندگی درد بھی ہے راحت بھی	جیسی بیتے، بتائے جاتے ہیں
کوئی فریاد ہے نہ کوئی گلہ	جو وچن دے دیا نبھاتے ہیں
راج رجواڑے، محل چوبارے	مٹنے والے ہیں، مٹتے جاتے ہیں
کوئی راون نہ اب غرور کرے	ظلم کے ہاتھ ٹوٹ جاتے ہیں
جیت سچائیوں کی ہوتی ہے	جھوٹ والے شکست کھاتے ہیں
لوگ کیوں نہ منائیں دیوالی	اب شری رام گھر کو آتے ہیں

بھائی چارہ، پریم، یک جہتی
راستے جھومتے ہیں گاتے ہیں
ہر طرف پیار کا اُجالا ہو
یہی پیغام ہم سناتے ہیں

۳٦

رات دیپ والی

دیپ لے کر انیک ہاتھوں میں   سردیوں کی سیاہ راتوں میں

نئے نئے رنگ جگمگاتی ہوئی   چار سوُ روشنی لٹاتی ہوئی

ایک اِک سانس گیت گاتی ہے   ہر طرف زندگی جگاتی ہے

ہر شبِ تار کی ضرورت ہے   دیکھنا کون خوب صورت ہے

قمقمے، دیپ، خوش نما منظر   کوچہ کوچہ، گلی گلی، گھر گھر

ہر طرف زندگی نمایاں ہو   بس یہی روشنی فروزاں ہو

دیپ لے کر انیک ہاتھوں   سردیوں کی سیاہ راتوں میں

روشنی کی کماں چمک اُٹھی   کون آیا کہ جاں چمک اُٹھی

مذہبی عصبیت کے گھیرے میں   رنگ اور نسل کے اندھیرے میں

آدمی آدمی کا دشمن کیوں   سر میں سوُدا، دلوں میں الجھن کیوں

روشنی تو سبھی کے کام آئے   ایکتا کا چراغ بن جائے

آج کی رات دیپ والی ہے   سب کے چہروں پہ ایک لالی ہے

دھرم پوچھے، نہ دھام ہی پوچھے   ذات پوچھے، نہ نام ہی پوچھے

یہ خوشی سب کے آنگنوں میں رہے

تازگی سب کے گلشنوں میں رہے

❖✿❖

۳۷

کوکن رانی

گاؤں گاؤں پیغام سناتی گزرے کوکن رانی
اٹھو، بڑھو، آگے کو نکلو، بولے کوکن رانی

چلنے والے چل پڑتے ہیں اپنا رستہ تھامے
منزل آخر جا لیتے ہیں منزل کے دیوانے
ہر مشکل، ہر موڑ سے ہنس کر نکلے کوکن رانی
اٹھو، بڑھو، آگے کو نکلو، بولے کوکن رانی

جیون، ریل کی پٹری جیسا بچھا ہوا رستے میں
روپ انوپ جگاتا جائے نیا نیا رستے میں
کھڑکی کھڑکی نئے نظارے دیکھے کوکن رانی
اٹھو، بڑھو، آگے کو نکلو، بولے کوکن رانی

سات سرنگوں سے وہ اپنا ساز بجاتی گزرے
ہرے بھرے شاداب بنوں سے تان اڑاتی گزرے
کوکن ریل کا ڈبہ ڈبہ جھومے کوکن رانی
اٹھو، بڑھو، آگے کو نکلو، بولے کوکن رانی

یہاں وہاں کے، کہاں کہاں کے سب کو ساتھ میں لے کر
کبھی پہاڑوں کے دامن میں، کبھی ندی کے اوپر
یک جہتی کے میٹھے نغمے چھیڑے کوکن رانی
اٹھو، بڑھو، آگے کو نکلو بولے کوکن رانی

۔۔۔۔۔۔۔

۳۸

باپ رے!

کھیلنے کودنے میں دن بیتے
بھاگنے دوڑنے میں دن بیتے
اب مصیبت کھڑی ہے کیا ہوگا
باپ رے!
امتحان آ پہنچا

اب بھلا دھوم دھام کیا ہوگی
اب تو ہر بچہ بن گیا جوگی
وِرد کرتا ہوا یا پڑھتا ہوا
باپ رے!
امتحان آ پہنچا

پھول باقی نہ تتلیاں باقی
کھیت باقی نہ کیاریاں باقی
ہر پرندہ اداس ہے بیٹھا
باپ رے!
امتحان آ پہنچا

میتھمیٹکس کسی کو کھاتا ہے
کوئی انگلش میں سر کھپاتا ہے
کوئی جغرافیہ سے سہما ہوا
باپ رے!
امتحان آ پہنچا

گیند بلّا اُٹھا نہ پائیں گے
چوکے چھکے لگانہ پائیں گے
ہر کوئی، اپنی تاک میں ہے کھڑا
باپ رے!
امتحان آ پہنچا

وہ جو پڑھنے میں دل لگاتے ہیں
جن کے کچھ خواب ہیں ارادے ہیں
ان کے مُنہ سے کبھی نہیں نکلا
باپ رے!
امتحان آ پہنچا

❀❖❀

۳۹

خود پڑھو، سب کو پڑھاؤ

وقت یونہی مت گنواؤ، امتحاں نزدیک ہے

دل کتابوں سے لگاؤ، امتحاں نزدیک ہے

فیل ہو کر منہ چھپانا کوئی اچھی بات ہے؟

پاس ہو کر مسکراؤ، امتحاں نزدیک ہے

کچھ اندھیرے بھی کھڑے ہیں زندگی کی راہ میں

علم کا دیپک جلاؤ، امتحاں نزدیک ہے

"تیرگی اپنے مقدّر کی مٹانے کے لیے"

روشنی میں ڈوب جاؤ، امتحاں نزدیک ہے

دوستو! علم و عمل کی لے ذرا اونچی کرو

زندگی کے گیت گاؤ، امتحاں نزدیک ہے

زیورِ تعلیم سے آراستہ کر دو وطن

خود پڑھو، سب کو پڑھاؤ، امتحاں نزدیک ہے

پنچھیوں کے واسطے پھیلا ہوا ہے آسماں

بال و پر کو آزماؤ، امتحاں نزدیک ہے

۔۔۔◇۔۔۔

۴۰

نٹ کھٹ لڑکا!

سمجھو جیسے شعلہ بھڑکا
سنو ایسا نٹ کھٹ لڑکا

بات بات میں روتا کب ہے
رات گئے تک سوتا کب ہے

دھوم مچاتا رہتا ہے وہ
ہنستا گاتا رہتا ہے وہ

ٹیلی ویژن آن کرے گا
ہر سیریل میں رنگ بھرے گا

فرفر اپنا سبق پڑھے گا
باجی نے ٹوکا تو لڑے گا

لڈو بھیا منہ تکتے ہیں
پٹتے ہیں، گالی بکتے ہیں

گالی سن کر سو تو کڑکے
سمجھو جیسے شعلہ بھڑکے

❀❀❖❀❀

۴۱

میں اگر ......

میں اگر سیب کا پیڑ ہوتا

اپنے میٹھے رسیلے پھلوں کو

ننھے منّوں میں تقسیم کرتا

کوئی بچہ میرے پاس آتا

میں اسے نرم چھاؤں میں لے کر

تازہ سیبوں کی لذّت چکھاتا

وہ میرے لال سیبوں کو کھاکر

اپنے چہرے کی سرخی بڑھاتا

اپنے ماں باپ کا پیار پاتا

میں اگر سیب کا پیڑ ہوتا

اپنے میٹھے رسیلے پھلوں کو

ننھے بچوں میں تقسیم کرتا

روکھے سوکھے یہ معصوم چہرے

رنگ و روغن سے محروم چہرے

کوئی بچہ بلکتا نہ روتا

میں اگر سیب کا پیڑ ہوتا

میں اگر سیب کا پیڑ ہوتا

❀❖❀

۴۲

عورتوں کا سال ہے

وہ رسوئی گھر میں آنے سے رہیں
کچھ نیا کھانا بنانے سے رہیں
بھوک سے پاپا اِدھر بے حال ہیں
اور اُدھر ممی پکانے سے رہیں
رات دن گھر میں نیا بھونچال ہے
عورتوں کا سال ہے!

اب کسی کے باپ کی چلتی نہیں
ممی کیسی دال ہے، گلتی نہیں
لب پہ آجائے اگر کوئی سوال
جب تلک پورانہ ہو، ٹلتی نہیں
رات دن گھر میں نیا بھونچال ہے
عورتوں کا سال ہے!

اب کسی بھیا سے کیوں باجی ڈریں
ان کے جی میں جو بھی آئے وہ کریں
سہیلیاں گڑیاں، تماشے، کھیل کود
اہلِ خانہ اب جنیں چاہے مریں

رات دن گھر میں نیا بھونچال ہے
عورتوں کا سال ہے!

چوکی چولھا ہاتھ میں گر آ گیا
یوں سمجھیے زلزلہ لہرا گیا
ڈوئی، ہانڈی میں تو ہانڈی فرش پر
پاپ میوزک کا نشہ سا چھا گیا
رات دن گھر میں نیا بھونچال ہے
عورتوں کا سال ہے!

اب ذرا یہ ننھی منی دیکھنا
کس قیامت کی ہے لڑکی دیکھنا
اس کی دھن دھن سے پریشاں گھر کا گھر
کچھ نہ پڑھنا اور ٹی وی دیکھنا
رات دن گھر میں نیا بھونچال ہے
عورتوں کا سال ہے!

❀ ✦ ❀

۴۳

نئے سال کی غزل

نئی اُمنگیں، نئی ترنگیں، نئی نرالی دُنیا
نیا سال لے کر آیا ہے ایک سوالی دنیا

دیواروں پر لگے لگے کیلنڈر حیراں تھے
روز بروز نظر آتی تھی کالی کالی دُنیا

گوشہ گوشہ نور جگاتا کرنوں کا شہزادہ
نئے سال کا سورج اُبھرا، اور اُجالی دُنیا

نئی بہاریں، نئے مناظر، نئے پھول اور پنچھی
اپنے اپنے حصّے کی سب نے لے ڈالی دُنیا

نئے سال کے نئے ارادے نئے عزائم کر لیں
یعنی امن و سکوں سے بھردیں خالی خالی دُنیا

؏ ❖ ؏

۴۴

کھلنڈری غزل

حال کچھ ہو، مزے سے سوئے رہو

خواب دیکھو، مزے سے سوئے رہو

جس کو مرنا ہو شوق سے وہ مرے

ہم نشینو! مزے سے سوئے رہو

آنکھ کھولی تو آنکھ پھوٹے گی

آنکھ والو! مزے سے سوئے رہو

فلم و ٹی وی لکھو چمک اٹھو

ہاں ادیبو! مزے سے سوئے رہو

کچھ نہ کہنا، زباں نہ کٹ جائے

سن رہے ہو؟ مزے سے سوئے رہو

جاگتے ہی گناہ جائیں گے

نیک بندو! مزے سے سوئے رہو

جاگنا سونا سب برابر ہے

ہوش مندو! مزے سے سوئے رہو

عقل مندوں پہ نیند حرام ہوئی

بے وقوفو! مزے سے سوئے رہو

تم تو قاضی نہیں ہو نشتر جی

پھلو پھولو! مزے سے سوئے رہو

۵۰۰

۴۵

وطن کے بیٹے

چپے چپے کی جان ہم سے ہے
کس پہ دشمن کا پہلا وار ہوا
روحِ ہندوستان ہم سے ہے
کون بھارت کا جاں نثار ہوا
ہم مسلماں، وطن کے بیٹے ہیں
گولیوں سے بھنا گیا کس کو
ملک کی آن بان ہم سے ہے
کون پہلے جگر فگار ہوا

کون انگریز کے خلاف اُٹھا
کتنے اشفاق اور کتنے ظفر
کس نے دشمن سے بڑھ کے ٹکر لی
ملک کے جاں نثار ہیں دیکھو
کس نے حبِّ وطن کی لاج رکھی
کتنے عبدالحمید و عثماں بھی
کس نے اہلِ وطن کی لاج رکھی
اس زمیں کا وقار ہیں دیکھو

کس نے پھونکا تھا صورِ آزادی
چپے چپے کی جان ہم سے ہے
کس نے مٹی کو خوں پلایا ہے
روحِ ہندوستان ہم سے ہے
کون حیدر علی تھا، ٹیپو کون
ہم مسلماں، وطن کے بیٹے ہیں
کس نے اپنا لہو بہایا ہے
ملک کی آن بان ہم سے ہے

۞۞۞

۴۶

ہلّہ بول

چھپتا ہے کیا ہلّہ بول   سامنے آجا ہلّہ بول

ظالم کے ہاتھوں کو روک

جھوٹے کی باتوں کو روک

جن سے لوگ پریشاں ہیں

ایسی سب گھاتوں کو روک

سیدھا سادا ہلّہ بول   سامنے آجا ہلّہ بول

مسجد کی مسماری پر

مندر کی تیّاری پر

روز تماشے کرتا ہے

اس چالاک مداری پر

اِک دم زور کا ہلّہ بول   سامنے آجا ہلّہ بول

۴۷

کوچہ کوچہ دہشت ہے

چہرہ چہرہ وحشت ہے

ہر سو خون خرابہ ہے

چوراہے پر عزت ہے

سوچتا ہے کیا ہلّہ بول   سامنے آجا ہلّہ بول

راشن کتنا مہنگا ہے

بھاشن چلتا رہتا ہے

وعدے کتنے سارے ہیں

وعدوں سے کیا ہوتا ہے

جاگ رے بھیّا ہلّہ بول   سامنے آجا ہلّہ بول

جینے سے بیزاری کیوں

ایسی بھی لاچاری کیوں

مشکل آساں ہوتی ہے

ہمت تونے ہاری کیوں

توڑ دے گھیرا ہلّہ بول   سامنے آجا ہلّہ بول

❖﹅❖﹅❖

۴۸

موت

بس اسے کوئی بہانہ چاہیے
چاہے پھر تقریب ہو
تنہائی ہو
سانس لینے کی گھڑی بھر کے لیے
فرصت نہ ہو
یا فراغت ہی فراغت آدمی
کے پاس ہو
انتشارِ ذات ہو
یا خلفشارِ کائنات
روح کی تسکیں کے ساماں ہوں
یا اسباب نشاط
تندرستی ہو یا بیماری رہے
ہر طرح کا عیش ہو
راحت یا لاچاری رہے
آئی چاہے بھکاری ہو یا کوئی بادشاہ

کوہساروں میں جیے
یا جنگل و بن میں رہے
کوئی ویرانہ بسائے
یا بڑے شہروں میں کنج عافیت
تعمیر کرلے
مرتبے، منصب، وجاہت
شکل و صورت، حیثیت
کم دماغی یا ذہانت
ذات، مذہب
رنگ و نسل و قومیت
وہ کسی بھی چیز کو گنتی نہیں
اس کی آمد کا معیّن وقت ہے
پھر کسی صورت سے وہ ٹلتی نہیں
بس اسے کوئی بہانہ چاہیے

❀ ◆ ❀

شنوّ کی بجّی

سب کی چہیتی شنوّ کی بجّی
بجتی ہے چھم چھم پازیب اس کی
ہر دن تماشا ہر روز مستی
صورت تو دیکھو مسکین کیسی
لگتی ہے اچھی
سب کو یہ بجّی
سب کو ہنسائے سب کو رُلائے
پپا سے روٹھے ماں کو ستائے
بھیّا کی ہر دم درگت بنائے
اوندھا گرا کر گھوڑا چلائے
شنوّ کے بھیّا
شنوّ سے راضی

سوّنو بچارا شنوّ کا چارا
کھاتی ہے شنوّ آلو بخارا
ٹک ٹک وہ دیکھے قسمت کا مارا
شنوّ نے ہنس کر اس کو پکارا

شنوّ کے دل میں
چاہت ہے اس کی
ہے کتنی اچھی
شنوّ کی بجّی
بجتی ہے چھم چھم
پازیب اس کی

❀◆❀

بچوں کی نظموں کا ایک اور مجموعہ

خوشبو خوشبو نظمیں اپنی

مصنف : عطا عابدی

بین الاقوامی ایڈیشن جلد منظر عام پر آرہا ہے